HÉSIODE ÉDITIONS

GEORGES COURTELINE

Boubouroche

Hésiode éditions

© Hésiode éditions.

1 rue Honoré - 93500 Pantin.
ISBN 978-2-38512-098-6
Dépôt légal : Novembre 2022

Impression Books on Demand GmbH

In de Tarpen 42
22848 Norderstedt, Allemagne

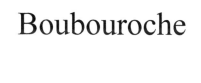

Boubouroche

I

Ce soir-là, étant veuf de toute clientèle, le petit café où Boubouroche venait quotidiennement s'enfiler des « demis » en jouant la manille aux enchères de compagnie avec les sieurs Roth et Fouettard, défiait le fâcheux coulage ennemi né des limonadiers. Par-dessus les mousselines salies qui en masquaient l'intérieur aux passants, Boubouroche, dressé sur ses pointes, en embrassa d'un seul coup le désespérant délaissé : les deux colonnes jumelles court-vêtues de velours rouge, hérissées de patères qui imploraient le vide, les banquettes aux dossiers de molesquine glacée, creusés, à espaces réguliers, de matelassés où des ventres de vierges alternaient avec des nombrils, le comptoir en forme d'autel ; le reflet, répété à l'infini dans un vis-à-vis de miroirs, des quatre becs de gaz brûlant pour le roi de Prusse au sein de suspensions aux bajoues élargies évoquant l'auguste faciès de Louis-Philippe Ier, roi de France ; enfin, le bel ordre des tables, aux marbres couleur de saindoux truffés comme des galantines.

Cet aperçu, cueilli au vol, mit un pli d'inquiétude au front de Boubouroche, lequel, méthodique en ses petites débauches, ne se voyait pas sans chagrin amputé du plaisir de brailler : « … douze !… vingt !… trente ! » d'une voix de sonneur en ripaille, en pesant, d'un coup d'œil d'expert habile aux estimations promptes, la valeur marchande de ses jeux.

Ayant fait fonctionner le bec-de-cane de la porte, puis, par l'entre-bâillement de la-dite, avancé son visage que secoua un salut à l'adresse de la caissière :

– Ces messieurs ne sont pas là, Amédée ? demanda-t-il.

Hélas !… Au seul sourire, triste et doux, d'Amédée, soudain arraché à son somme et répondant « qu'à moins d'un hasard improbable on ne verrait pas ces messieurs ce soir-là », il comprit l'affreuse vérité : c'était la Fin de Mois, parbleu ! la Fin de Mois dure et cruelle aux petites bourses, par conséquent à celles des sieurs Fouettard et Roth, personnages de conditions humbles, de qui les mois de trente et un jours chahutaient sept fois l'an le budget de dépenses fractionné seulement par trentièmes.

– Eh ! flûte ! s'exclama Boubouroche qui prit congé de la caissière en ces termes plutôt concis, et dont la face, un instant aperçue, s'évanouit, pareille à cette ombre légère si éloquemment évoquée, à l'acte II du Pardon de Ploërmel, par les lèvres de Déborah.

Une minute hésitant, dérouté à l'envisagé d'une soirée tout entière perdue, il tira de son gousset sa montre et constata qu'il était moins de neuf heures.

Alors :

– Au fait !… murmura-t-il.

Et ayant décidé de monter chez Adèle, lui donner le bonsoir avant de s'aller coucher, il alluma une cigarette et s'achemina vers le boulevard Magenta.

C'était une façon de colosse, mastoc et apoplectique, de qui riaient les yeux ingénus de bébé dans une figure de gros mufle. Très pur, et d'une tendresse avide de câlineries, sans aucun des appétits de brute qu'il suait par chaque pore de la peau, il avait, la quarantaine proche, gardé cette fraîcheur de cœur des gens profondément aimants qu'a inassouvis en de trop rares amours une naturelle et insurmontable timidité.

Elle, était une petite veuve de trente-trois ans, rageuse, hargneuse, spirituelle, féroce pour peu qu'on l'attaquât, et excellant dans le bel art de vous brûler, comme d'un fer rouge, d'une malice appliquée au plus cuisant d'une plaie. Presque, pour qu'il osât la prendre, elle avait dû se placer de force entre ses doigts : ces doigts énormes, saupoudrés de poils roux, et qui, après huit ans, tremblaient encore, à l'effleurer, d'émotion et de gratitude ! Car jamais il n'avait pu se faire à l'idée qu'il ne fût pas indigne d'elle ! – Humilité attendrie et attendrissante de pataud qui n'a oncques su délacer un corset sans en embrouiller les cordons, toucher, sans s'y larder le pouce, à une boucle de jarretelle. Et, sous les petites pattes de l'amie, il tontonnait à plaisir, souriait à ses mauvaises humeurs et endossait le contre-coup de ses nerfs trop facilement irritables, avec cette pensée que, mon Dieu ! c'était bien la moindre des choses…

Il avait la sereine douceur, l'indulgence inépuisable, la confiance obstinée, aveugle et imbécile, des hommes qui ne sont pas nés pour être des amants, veulent pourtant en être et n'en seront jamais.

Il était parfaitement heureux.

Adèle habitait au quatrième étage d'une maison située boulevard Magenta : quatre pièces avec balcon sur la rue, l'eau et le gaz ; seize cents francs de loyer que payait Boubouroche en s'excusant de la liberté grande et en rougissant d'une légère confusion, vu son extrême délicatesse touchant les procédés amoureux. Le jeune femme, elle, qu'avait familiarisée avec les dures obligations de l'existence une couple d'années de ménage, prenait l'argent de Boubouroche sans en paraître autrement humiliée, et, même, ne se gênait en aucune façon pour, à l'occasion, sous prétexte d'un manchon, d'un chapeau ou d'une traite trop lourde dont l'échéance se faisait proche, taper son amant de quelques louis qui n'étaient pas dans le programme. Boubouroche lâchait ses sous de la meilleure grâce du monde, quitte, n'étant point riche, à se priver un peu et à réduire, un mois durant, sa consommation (d'ailleurs excessive), de cigares-londrès et de bocks.

Moyennant les seize cents francs visés quelques lignes plus haut, un fixe mensuel de quinze louis, le casuel, et, de temps en temps, les petits cadeaux inévitables, Boubouroche avait chez Adèle ses entrées à toute heure du jour. Il sonnait un coup sec, puis, du bout de ses doigts, battait le rappel sur la porte pour indiquer que c'était lui et ne pas obliger sa maîtresse à se juponner précipitamment, si à cette minute, par hasard, elle se coiffait devant la glace, en chemise. À vrai dire, il eût bien aimé avoir la clef, et plus d'une fois il avait eu la bouche ouverte pour faire valoir ses droits à cette prérogative ; mais toujours il était resté en chemin, effaré de sa témérité, et ricanant inexplicablement, tandis qu'Adèle, qu'il agaçait, lui disait en haussant les épaules :

– Ce n'est pas pour t'appeler Arthur et te passer la main dans les cheveux, mais c'est extraordinaire ce que tu as l'air bête, quand tu veux t'en donner la peine.

Le fait est qu'il la connaissait pour point commode, maîtresse femme jusqu'au bout des ongles et absolue en ses petites manies de ménagère bien ordonnée, qui veut bien faire comme les autres à condition, bien entendu, que les autres n'en sachent rien, et qui vit sans bruit dans son coin, avec la continuelle terreur d'attraper des taches de graisse et de faire causer les voisins. Un soir qu'il avait poussé l'extravagance jusqu'à parler de passer une nuit tout entière avec elle et chez elle, non, les cris de jars en détresse dont elle avait salué cette prétention !…

Boubouroche s'était tenu pour averti. Jamais plus il n'avait fait allusion à coucher ailleurs que chez soi, et si la solitude de ses nuits pesait parfois à sa tendresse expansive, il s'en consolait en pensant qu'Adèle n'avait pas plus de sens qu'un tuteur à ramer les pois, et qu'à tout prendre l'absence de sens, chez la femme, est encore le meilleur garant que l'on puisse espérer de sa fidélité.

Donc, Boubouroche, ce soir-là, décida de monter chez Adèle lui donner le bonsoir avant de s'aller coucher.

Comme il atteignait le troisième palier et qu'il s'y arrêtait pour souffler une minute, un vieux monsieur qui venait des étages supérieurs et dont le visage à la Voltaire arborait des tons de parchemin, l'aborda le chapeau à la main et lui dit :

– Je vous demande pardon, vous êtes bien monsieur Boubouroche ?

Étant en effet Boubouroche, Boubouroche déclara qu'il était Boubouroche.

– En ce cas, reprit l'inconnu, c'est bien vous qui avez pour maîtresse la personne du quatrième ?

– Mais… fit Boubouroche stupéfait.

Le monsieur poursuivit :

– Je vous en prie, monsieur : veuillez répondre sans détours à la question que je vous pose. Oui ou non ; monsieur, simplement. Je vous dirai pourquoi après.

Ahuri et vaguement inquiet :

– Soit ! déclara Boubouroche. Il est en effet exact que cette dame est mon… amie.

– C'est tout ce que je voulais savoir, dit alors l'étranger avec une grande politesse. Eh bien, monsieur, elle vous trompe.

Entendant cela :

– Allons au café, dit Ernest Boubouroche, on est mal pour causer, ici.

II

Quand Boubouroche et le monsieur furent attablés, au fond d'une petite brasserie où l'on buvait de la bière suisse, devant deux bocks qui ruisselaient de fraîcheur, le monsieur prit la parole et s'exprima dans les termes suivants :

— Combien je déplore, monsieur, d'avoir à vous gâter, aussi complètement que je vais avoir l'honneur de le faire, les illusions où vous vous complaisez. La sympathie que vous m'inspirez me rend infiniment pénible la tâche – vile en apparence, en réalité profondément charitable, philanthropique et fraternelle – dont j'ai fait dessein de m'acquitter. Mais quoi ! je suis ainsi bâti : j'estime qu'on ne saurait sans crime sacrifier la dignité d'un honnête homme à la fourberie d'une petite farceuse qui lui prend son argent, lui fume son tabac, lui gâche en injustes querelles le peu de jeunesse qui lui reste, et se fout outrageusement de lui, si j'ose parler un tel langage. Cette histoire, qui est, hélas ! celle de tant d'autres, est la vôtre, mon cher monsieur. Oh ! vous pouvez mâcher de la gomme à claquer et rouler les yeux comme un veau qu'on aurait mené voir Athalie, ce n'est pas cela qui changera quelque chose aux décrets de la Providence et fera que ce qui est ne soit pas. Vous êtes cocu ; vous êtes cocu, vous dis-je ; cocu inexorablement !… C'est la vérité en personne qui s'exprime ici par mes lèvres, et c'est dans la seule sincérité de mon discours que vous devrez chercher et trouverez, je l'espère, l'excuse de sa cruauté. – À votre bonne santé, monsieur.

Ils trinquèrent et burent. Des deux côtés de la lourde chope où il engloutissait son nez, les yeux de Boubouroche flambaient comme des yeux d'ours.

Le monsieur reprit :

— Monsieur, nous ne vivons plus aux temps qu'a illustrés la Tour de

Nesles, où l'épaisseur des murailles étouffait les cris des victimes. Les siècles ont marché, les hommes ont produit… À cette heure, nous habitons des immeubles bâtis de plâtre et de papier mâché. L'écho des petits scandales d'au-dessus, d'au-dessous, d'à-côté en suinte à travers les murs, ni plus ni moins qu'à travers de simples gilets de flanelle. Depuis huit ans j'ai pour voisine de palier cette personne que, naïvement, vous ne craignez pas d'appeler votre « amie ». Depuis huit ans, invisible auditeur, je prends, à travers la cloison qui sépare nos deux logements, ma part de vos vicissitudes amoureuses… accompagnées de plusieurs autres. Depuis huit ans je vous entends aller et venir, rire causer, chanter le Forgeron de la Paix avec cette belle fausseté de voix qui est l'indice des consciences calmes, frotter le parquet, remonter la pendule et vous plaindre (non sans aigreur) de la cherté du poisson : car vous êtes homme de ménage et volontiers vous faites votre marché vous-même. C'est exact ?

– Rigoureusement, dut reconnaître Boubouroche.

Le vieillard eut un mince sourire, but un peu de bière et poursuivit :

– Depuis huit ans, je m'associe… – homo sum et cætera – à vos joies et à vos misères, compatissant à celles-ci et applaudissant à celles-là, admirant l'égalité de votre humeur dans la bonne comme dans la mauvaise fortune, partageant vos muets étonnements quand on vous reproche (tel hier encore) d'être ivre à huit heures du matin, c'est-à-dire au saut du lit, et admirant la grandeur d'âme qui vous porte à ne pas rouer de coups de canne votre « amie » chaque fois qu'elle l'a méritée. Eh bien… – Ici je réclame de votre part un redoublement d'attention ; ce qu'il me reste à vous révéler est en effet du plus haut intérêt. – … Eh bien, dis-je, de ces huit ans : pas un jour ne s'est écoulé qui n'ait été pour votre « amie » l'occasion d'une petite canaillerie nouvelle ; pas un soir vous ne vous êtes couché qu'excellemment jobardé et cocufié comme il convient ; pas une fois vous ne franchîtes le seuil du modeste logement payé de vos écus, où s'abritent vos plus chers espoirs, qu'un homme, – vous entendez bien ? – n'y fût caché.

Boubouroche bondit :

– Un homme !!!

– Oui, un homme.

– Quel homme ?

– Un homme, expliqua le monsieur, de qui j'entends, avant vos arrivées, la voix, et, après vos départs, les rires.

Cela fut dit avec tant de calme assurance que Boubouroche hésita, bouleversé à la fois et presque rassuré par l'énormité de l'allégation. Une minute, il réfléchit ; mais tout à coup il eut, du bras, ce geste ample, qui fait justice. Allons donc !… Au seul supposé de tant de fourberie, ç'avait été un haut-le-cœur de tout son être bon et juste.

Il dit :

– Laissez-moi donc tranquille ; je connais ma maîtresse mieux que vous, et elle n'est une grue ni de près ni de loin. Je l'ai rencontrée dans une maison amie où elle venait prendre du thé et faire causette le dimanche. Elle était veuve, libre par conséquent. Nous nous vîmes et nous nous aimâmes. Et après ? Il n'y a pas de honte à cela, je présume. Voilà huit ans que nous sommes ensemble, bien que couchant, elle de son côté, moi du mien. Je confesse n'avoir pas la clef, mais du diable si au grand jamais elle a mis plus de trente secondes à me venir la porte ! Vous me faites rire, avec votre homme caché dans un coffre à bois… Qu'Adèle ait ses côtés embêtants, c'est possible ; mais quant à être une honnête femme, ça ne fait pas l'ombre d'un doute.

– C'est une petite gueuse, dit le monsieur avec un sourire charmant.

16

Boubouroche, exaspéré, appela pour avoir des bocks et reprit :

– Me tromper ?… Adèle ?… Je voudrais bien savoir pourquoi elle me tromperait ! Pour de l'argent ? Elle se moque de l'argent comme de sa première chemise ; elle vivrait de pain et de lait, et elle paie ses jarretières 19 sous, au Louvre. Pour le plaisir ?

Il s'esclaffa :

– Ah, la, la ! Pauvre enfant ! Elle n'a pas plus de sens qu'un panier à bouteilles.

Du coup, le monsieur devint lyrique. Les mains hautes, les yeux au ciel, il déclama avec une imposante lenteur :

– Ô homme ! enfant aveugle et quatorze fois sourd !

Là-dessus, apitoyé :

– Pas de sens ?… Mais, mon cher monsieur, c'est vous-même qui n'en avez pas !… Vous me faites l'effet de ces gens atteints du rhume de cerveau qui refusent tranquillement aux roses un parfum qu'ils ne perçoivent plus. Pas de sens !… Écoutez, monsieur ; il est de ces questions brûlantes qu'un galant homme ne saurait effleurer d'une main trop légère et trop souple. Je vous disais, il y a un instant, que nous ne vivions plus au temps où les murs étouffaient les cris : qu'il me suffise de vous le redire, et à bon entendeur salut ! Au surplus, n'eût-elle pas, ainsi que vous le prétendez, plus de sens qu'un panier à bouteilles, en eût-elle cent fois moins encore et fût-elle moins avide d'argent que ne l'est, de billets de concert, une sarigue, elle vous tromperait cependant !

– Pourquoi ? questionna Boubouroche que troublait l'absolu d'une telle dialectique.

– Pourquoi ?

L'étranger se mit à rire.

Haussant l'épaule, comme pris de pitié au révélé d'une candeur si grande :

– Elle vous tromperait, répondit-il, parce que « tromper », entendez-vous, tromper encore, tromper sans cesse, toute la femme, monsieur, est là ! Croyez-en un vieux philosophe qui connaît les choses dont il parle et a fait la rude expérience des apophtegmes qu'il émet. Les hommes trahissent les femmes dans la proportion modeste d'un sur deux ; les femmes, elles, trahissent les hommes dans la proportion effrayante de 97 % ! Parfaitement ! 97 ! Et ça, ce n'est pas une blague ; c'est prouvé par la statistique et ratifié par la plus élémentaire clairvoyance. Bref, que ce soit pour une raison ou pour une autre, ou pour point de raison du tout, à cette même minute où je vous parle, un intrus est sous votre toit. Il est assis en votre fauteuil familier ; il chauffe les semelles de ses bottes au foyer habitué à rissoler les vôtres, et il sifflote entre ses dents l'air du Forgeron de la Paix, qu'il a appris de vous à la longue. Que vous n'en croyiez pas un mot, c'est votre droit. Pour moi, ma mission est remplie, et je me retire le cœur léger, en homme qui a fait son devoir, sans faiblesse, sans haine et sans crainte. les hommes apportaient dans la vie cet esprit de solidarité que savent si bien y apporter les femmes, et faisaient les uns pour les autres ce que je viens de faire pour vous, le nombre des cocus n'en serait pas amoindri, mais combien serait simplifiée (et c'est là que j'en voulais venir), la question, toujours compliquée et pénible, des ruptures dont le besoin s'impose. Monsieur ! à l'honneur de vous revoir. Je vous laisse les consommations.

Sur quoi le monsieur s'en alla, laissant Boubouroche très perplexe.

III

– Cré nom de Dieu de nom de Dieu de nom de Dieu !

Ainsi s'acheva, dans une volée de blasphèmes, la rêverie qui, depuis un instant, tenait Boubouroche immobile, les jambes allongées et le pouce à cheval sur l'huis entre-bâillé de la poche. Au coup de poing qu'il abattit à même sur le marbre de la table, parmi le sursaut effaré des soucoupes, le garçon, qui se crut appelé, accourut.

– Monsieur désire ?

– Vous m'embêtez ! Rien du tout.

Mais dans le même temps :

– Au fait, si ! Qu'est-ce que je vous dois ?

– Un franc vingt.

Boubouroche paya et sortit.

Dehors il faisait un froid vif, une belle gelée qui, tout de suite, lui planta ses crocs aux oreilles. Le cadran éclairé d'une station de voitures marquait dix heures moins un quart, et le boulevard, empli d'un grouillement vivant, suait à perte de vue, sous un ciel semé d'astres, l'éternelle jeunesse de Paris.

– Cré nom de Dieu ! réitéra Boubouroche, qui était resté cinq minutes plongé dans la contemplation d'un étalage de bouchons à la vitre d'un tonnelier. Cré nom de Dieu de nom de Dieu de nom de Dieu !

Il en revenait toujours là, et c'est encore là qu'il en revint quand il se trouva planté, au bord du trottoir, comme un cierge, en face de la maison de sa maîtresse, à se demander ce qu'il allait faire.

Monterait-il : Certes, il en doutait ! Mais, en supposant que pourtant il en trouvât l'énergie, que ferait-il. De quoi ne serait-il pas capable dans l'aveuglement de la colère si Adèle, en effet, le trompait ? Depuis qu'il avait eu le malheur de tuer, une nuit, d'un coup de poing, un pas grand'chose qui lui avait demandé l'heure avec une insistance déplacée, Boubouroche se méfiait de sa force. Il avança, pour franchir la chaussée, un pied qu'il ramena en arrière, aussitôt ; ses mains, soulevées jusqu'à ses tempes et tremblées un moment, dans le vide, dirent l'excès de son indécision. Et, doutant, redoutant, cramponné à ses affres, ensemble avide et malade d'anxiété, il s'enfermait en son éternel « nom de Dieu ! », tandis que des gens se retournaient, mis en joie à la vue de cet ivrogne grognon qui jurait tout seul dans la rue. A cinq pas en avant de lui les tramways de Saint-Ouen glissaient sur leurs rails en hurlant de lamentables plaintes. Ils se succédaient de minute en minute, et, d'une extrémité à l'autre du boulevard jusqu'à la place du Château-d'Eau, indiquée, dans l'éloignement, d'un bouquet d'étincelles pressées, ils échelonnaient leurs larges prunelles disparates. Soudain, alors que Boubouroche commençait à reprendre confiance, songeant qu'il avait, huit années, vécu dans l'ombre même d'Adèle, et qu'enfin, si aveugle fût-on, et si sourd…

– Tonnerre !… Ah ! tonnerre de Dieu !

Par deux fois, précipitamment, la petite tache blême de là-haut s'était éteinte, puis rallumée, puis rééteinte et rallumée encore, comme si deux corps se pourchassant eussent passé entre la croisée et la lampe.

Alors il sembla à Boubouroche qu'une main le prenait à la nuque, le soulevait, le lançait à travers le boulevard, au hasard des fiacres, comme une balle. Le même élan affolé qui l'avait transporté d'un trottoir à l'autre, sans que seulement il s'en fût rendu compte, le poussa, le monta jusqu'à la porte d'Adèle, où il se trouva tout à coup, seul dans la solitude éclairée de l'escalier, ne sachant ni ce qu'il faisait là, ni comment il y était venu. Les oreilles lui chantaient vêpres et une brûlure lui mordait le visage : la cuisson sèche d'une apoplexie qui se prépare.

Il prit son temps, sonna enfin.

Dix secondes, qu'il compta, s'écoulèrent, puis, comme il avait négligé de tambouriner sur la porte son petit rappel coutumier, de l'autre côté du panneau la voix d'Adèle s'éleva, demanda doucement :

– Qui est là ?

– C'est moi, dit-il.

Elle ouvrit aussitôt.

Sur le demi-jour du vestibule, que noyait d'un bleu incertain la tulipe de verre suspendue au plafond et où brûlait une étoile de gaz à ras de bec, elle apparut, souriante, charmante de jeunesse et de belle humeur. Elle portait une pesante jupe de velours frappé, gardée après la promenade du tantôt, par paresse, et, de la manche de sa matinée Pompadour aux nœuds mauves, défraîchis un peu, sortait de son bras blanc, sa main fine, qu'elle présentait grande ouverte au shakehand de son ami.

– Il est tard ; je ne comptais plus te voir.

Elle ajouta :

– Je pianotais en attendant l'heure du dodo.

Et Boubouroche, qui avait encore dans l'oreille le lourd bourdonnement de silence emplissant le puits de l'escalier, pensa :

– Elle ment. Quelle coquine !

Pourtant, par la porte restée entre-poussée du salon, il distinguait une partition grande ouverte, dressée sur le pupitre du piano, entre deux bougies qui flambaient…

Il passait le seuil de la pièce, quand :

– Regarde-moi donc, fit Adèle.

Elle venait à un pas de distance, derrière lui, et, brusquement, dans le cadre penché d'une glace, elle avait aperçu la face congestionnée de Boubouroche, pareille à une brique hérissée, d'où jaillissaient des yeux en noix.

– Quelle figure as-tu donc, ce soir ? Tu es malade ? Qu'est-ce qu'il y a ?

– Il y a, répondit Boubouroche, que tu me trompes.

Adèle parut ne pas comprendre.

– Je te trompe ! Comment, je te trompe ? Qu'est-ce tu veux dire par là ?

– Je veux dire, reprit Boubouroche avec une grande fermeté, que tu te moques indignement de moi, que tu es la dernière des filles, et qu'il y a quelqu'un ici.

– Quelqu'un ?

– Oui, quelqu'un.

– Qui ?

– Quelqu'un.

Ils se regardèrent longuement. – Imbécile ! murmura Adèle.

Le mot fut une nuance, guère plus : une intention qui effleura à peine le mince et dédaigneux sourire de la jeune femme. Ce fut tout. Elle vint à la cheminée, y prit la lampe et l'apporta à Boubouroche.

– Voici de la lumière.

Boubouroche, qui se décontenançait à l'imprévu de tant de sérénité et chez qui pointait, grandissait, s'élargissait en tache d'huile la peur d'avoir fait une gaffe, eut un recul léger, et, d'une voix qui capitulait d'autant plus qu'elle s'insurgeait davantage, déclara :

– Pas de comédie ! Cocu, mais pas dupe, ma fille !

Puis, comme Adèle, la lampe haute, le visage inondé de clarté et les prunelles en vers luisants, le poussait, l'acculait à des explications, faisant la dame qui veut n'avoir pas entendu et répétant : « Tu dis ? Tu dis ? », il rompit carrément les chiens :

– Enfin, ma chère amie, voilà : moi, on m'a raconté des choses !

Des choses !

Le mot n'était pas dit que déjà il était une arme aux mains d'Adèle, un stylet d'une pointe plus aiguë que celle d'une aiguille à broder, dont elle piquait au vif, lardait comme une escalope la conscience, accessible au remords, du pauvre et tendre Boubouroche.

Des choses !... Des choses !... Des choses !... Ainsi, on lui avait conté des choses, à ce monsieur, et pas un seul instant l'idée ne lui était venue d'en appeler à la vraisemblance, aux huit années d'une liaison sans un nuage, d'un passé vécu au grand jour entre les quatre murs d'une maison de verre !

Délicieux !

– Si bien, railla-t-elle, que je suis à la discrétion du premier chien coiffé venu ! Un monsieur passera, qui dira : « Vous savez, Adèle ? Elle vous trompe ! » Et je paierai les pots cassés ? Et je tiendrai la queue de la poêle ?

Elle estimait que, tout de même, celle-là était un peu violente, et Boubouroche, en son for intérieur, fut bien forcé de confesser qu'elle n'avait pas tout à fait tort. Astucieux, il songeait à se tirer d'affaire avec un « mais... » à deux tranchants, qui, à la fois, l'eût absous et livré, et lui eût permis de battre en retraite paré des honneurs de la guerre : l'irascible jeune femme ne lui en laissa pas le temps. D'un tel coup de clairon elle lui jeta : « Assez ! », qu'il comprit instantanément l'inanité d'une discussion plus longue. Surtout qu'Adèle, exaspérée, lui cuisait le nez, du verre surchauffé de sa lampe. Lorsqu'elle lui en eut, à la fin, introduit de force entre les doigts le col tout suintant de pétrole en lui demandant s'il n'avait pas fini de faire l'âne pour avoir du son, tout fut dit : il ne douta plus qu'il eût commis un impair, et il se fit petit, le pauvre, mais petit !... humble et chétif, dans l'espoir d'acheter son pardon.

– Voyons, fit-il, conciliant, voyons !

N'ayant quitté le collège qu'après la quatrième, il savait un petit peu de latin, pas énormément, gros comme ça, juste assez pour être en état de risquer une citation quand le besoin s'en faisait sentir.

Aussi :

– On ne va pas se brouiller, que diable ! ajouta-t-il. Errare humanum est, quoi !

Mais Adèle :

– Oui ou non, fit-elle, est-ce que tu me prends pour une enseigne ? Je te dis de prendre cette lampe.

Boubouroche, dompté, prit la lampe.

–... et d'aller voir ! Tu connais l'appa rtement, je pense ? Je n'ai pas besoin de t'accompagner ?

Il y eut un silence.

– Ne sois donc pas méchante, dit enfin Boubouroche de qui les yeux de phoque suppliaient, tout ronds de contrition éplorée sous la clarté tombée des dessous de l'abat-jour. Est-ce que c'est de ma faute, à moi, si on m'a collé une blague ? Pardonne-moi, et n'en parlons plus.

Adèle s'étonna :

– Tiens, tiens, tiens ! Tu sollicites mon pardon, à cette heure ? Ce n'est donc plus à moi de mériter le tien par mon repentir et par ma bonne conduite ? Va toujours, nous verrons plus tard. Comme, au fond, tu es plus naïf que méchant, il est possible – pas sûr, pourtant, – que je perde, moi, un jour, le souvenir de l'odieuse injure que tu m'as faite ; mais j'exige, – tu entends ? j'exige ! – que tu ne quittes cet appartement qu'après en avoir scruté, fouillé l'une après l'autre chaque pièce, et vi-sité jusqu'aux placards. Ah ! je te fais des infidélités ? Ah ! je cache des amants chez moi ? Eh ! bien, cherche, mon cher, et trouve.

Elle dit, et lui tourna le dos. Maintenant, assise au piano, devant la partition interrompue, elle en feuilletait paisiblement, à croire que rien ne se fût passé, les pages qu'avait chambardées le coup de vent de la porte ouverte. Boubouroche, penaud, demeurait, les pieds soudés au plancher. A un dernier coup d'œil qu'il lui lança, il la reconnut impitoyable, enfermée en sa volonté comme en une tour.

Il pensa :

– Allons !

Et, le front bas, l'épaule ronde, accablé sous le ridicule dont sa maîtresse châtiait si durement sa faute, il passa dans le cabinet de toilette.

IV

Là, c'était cette atmosphère, indéfinissablement tiède, qu'ont peuplée des griseries les beaux bras frais-lavés, les seins nus, librement promenés, des jeunes femmes, et tout cet on-ne-sait-quoi émané de leurs chairs, où il y a de l'œillet et du fauve.

Boubouroche, la lampe au poing, regarda autour de soi et ne vit rien qui ne lui fût familier : dans un coin, discrètement, le tub ; ensuite, la longue table de toilette hérissée d'innombrables et mystérieux flacons, le sopha plat, commode pour y mettre les bas, et où une jeune croupe, élargie, s'est creusé peu à peu sa place. Il souleva, de sa main, les sombres serges qui en masquaient un des murs : il vit les jupes rigides, aux hanches que prolongeait invraisemblablement la courbe des porte-manteaux, mais d'où ne sortaient point en dessous, les ridicules jambes de l'ennemi. Ses doigts, plongés au cœur des soies, se butèrent à la cloison. Point d'homme ! Point de rival caché là, suffoquant et retenant son souffle par crainte des traîtres froufrous.

Mais, plus encore, la chambre à coucher d'Adèle ne disait pas les farouches luttes amoureuses ; avec ses meubles symétriquement disposés et dont l'affolement des poursuites n'avait pas bouleversé le bel arrangement bourgeois, son large lit que surplombait, semblable à un dos de mastodonte, un insoupçonnable édredon ! Une cheminée de marbre blanc dont les montants parallèles empiétaient sur le sol en griffes contractées, soutenait une mignonne pendule de Saxe aux aiguilles d'or évoluant lentement dans un cadre de toutes petites roses ; et, à l'éclat des dorures immaculées, à la blancheur des housses tendues sur les fauteuils, au cône irréprochable, qu'ouvrait devant la fenêtre un lourd rideau de reps outre-mer, on sentait la femme d'intérieur, tout à la coquetterie de son petit chez-soi et bien trop occupée, Seigneur ! à moucharder les grains de poussière pour trouver le temps de songer au mal !

Tout de même, par acquit de conscience, Boubouroche, posant sa lampe sur le parquet, se coucha à plat ventre et regarda sous le lit.

Il ne vit rien.

Les placards, dont il amena à lui les portes, lui montrèrent des entassements de rien du tout, des accumulations de loques épinglées, de cartons démolis, de coupons hors d'usage : toute cette friperie glanée à droite et à gauche depuis des temps immémoriaux, sur les coins de tables et sous les sièges soigneusement échafaudée maintenant et poivrée, de peur des mites, où se trahit l'âpre épargne des femmes qui n'aiment pas à perdre.

– Pauvre petite ! fit-il avec un hochement de tête ému.

Il vit aussi la cuisine et frappé d'admiration, tant rougeoyaient les cuivres ardents des casseroles ! Celles-ci, pendues par leurs queues, filaient de la porte à la fenêtre en constellation habilement graduée, et c'était là un beau spectacle où s'attarda et se complut un instant le sens délicatement artistique de l'excellent Boubouroche. Mais son tort fut de pousser avec violence la porte de la salle à manger. Un souffle frais monta. La flamme de la lampe, soulevée au-dessus de la mèche, grimpa à mi-hauteur du verre, s'élargit, bleuit, et mourut.

Boubouroche, submergé de nuit, remarqua alors quelque chose de tout à fait anormal.

Un buffet gigantesque de chêne, si haut que son léger couronnement de colonnettes joignait la céruse du plafond et l'écaillait d'une imperceptible morsure, débordait, ventre énorme, sur l'exiguïté de la pièce. Or, de ce buffet, – chose étrange, tout à fait anormale, je le répète, et de tous points inexplicable ! – Boubouroche, le cou tendu, reconnaissait, à un mince tracé lumineux l'enserrant en les cassures brusques d'un rectangle, la place des panneaux inférieurs !

Quel mystère était-ce là ? L'oisiveté de quelle main malfaisante était venue frotter là du phosphore d'allumettes, au risque d'abîmer ce beau meuble ?

Il fit cinq pas ; ses doigts, tâtonnant, rencontrèrent une saillie de bois.

Il tira, et ce qu'il vit !…

Un homme, oui, un homme était là, dans ce rez-de-chaussée de buffet déménagé pour la circonstance et devenu une manière de petite maisonnette, insuffisamment aérée, à vrai dire, et basse, un peu trop, de plafond.

C'était un monsieur très correct, de vingt-cinq ans environ et de visage sympathique. Il portait un lorgnon, et, dans le nœud en chou de sa cravate Lavallière, étincelait le feu vert d'une épingle de prix. Il était là-dedans comme chez lui, assis sur ses cuisses, en tailleur, pas très bien, pas trop mal non plus, serein au reste, en homme qu'a effleuré de son aile une aimable philosophie, et qui sait accepter d'une âme pacifiée les petits inconvénients de certaines situations fausses. Le panneau latéral du meuble soutenait ses reins fatigués, cependant que, gravement, à la lueur d'un photophore dressé entre ses deux genoux, il fourbissait d'une peau de daim la trompe de sa bicyclette, histoire d'occuper ses loisirs en attendant que le départ de Boubouroche lui permît de passer à d'autres exercices.

Lorsqu'il se vit découvert, il ne manifesta aucun étonnement : il se montra parfait de tact, irréprochable d'éducation, évitant même de se répandre en explications superflues, comme n'eût pas manqué de faire un imbécile du commun.

Simplement :

– C'était sûr, fit-il, une gaîté au coi n des lèvres. Cela devait finir comme ça un jour ou l'autre. Enfin !… aujourd'hui ou demain !… un peu plus tôt, un peu plus tard !…

Là-dessus, il sortit de son buffet, posa le photophore sur une table, tira de sa poche son calepin, tira de son calepin sa carte et la tendit à Boubouroche. Oui, voilà ce qu'il fit, ce monsieur !… Mais, ce qui ne saurait être dit, rapporté en termes trop pompeux, ce fut l'extrême courtoisie qu'il apporta à l'accomplissement de cette difficile opération : une courtoisie sans bassesse, certes ! pleine pourtant de déférence, et où perçait, sensible à peine, une pointe d'apitoiement. On y sentait l'homme de cœur qu'un hasard a mis en présence d'une infortune étrangère, et qui y prend une part discrète.

Il se résuma :

– Je me tiens à vos ordres, monsieur.

Dans le salon, Adèle, qui ne se doutait de rien, continuait à jouer du piano : une valse espagnole, d'un entrain endiablé, et qu'elle enlevait d'une façon brillante, avec, dans les basses, d'énergiques plaqués rendant les coups de tambour de basque.

Cependant, Boubouroche, assommé, le sang aux yeux, regardait cette main qui se tendait vers lui, ce bout de carton qui s'agitait dans le vide comme pour réclamer l'attention et faire souvenir qu'il était là.

– C'est ma carte, répéta le monsieur avec beaucoup de politesse. Veuillez me faire l'honneur de la prendre.

Boubouroche comprit, enfin.

Du même geste dont, écolier, il raflait les mouches au repos, il rafla la carte, la jeta, sans l'avoir lue, en la poche de son veston.

– C'est bien, dit-il. Allez-vous-en ! Je vous ferai savoir mes volontés.

Le jeune homme, qui ne s'en alla pas, reprit :

– Excusez-moi, monsieur. Je serais naturellement bien aise de savoir ce que vous comptez faire. Oh ! je ne vous interroge pas, croyez-le bien ! Une telle familiarité ne serait sans doute pas de saison. Mais enfin… En un mot, monsieur, je ne suis pas sans inquiétudes. Vous êtes violent, et je ne sais jusqu'à quel point j'ai le droit de vous laisser seul… – puisque aussi bien vous n'avez plus rien à apprendre…. – avec une personne qui… que…

– Vous, interrompit Bourouroche, – et ses formidables poings clos précédaient sa marche en avant, – vous allez commencer par me foutre la paix !…

– Oh ! oh ! fit le jeune homme choqué.

– Un mot encore, reprit Boubouroche, je dis, un ! un ! un seul ! C'est clair, n'est-ce pas ? un seul mot ! Je vous empoigne par le fond de la culotte, et je vous envoie par cette croisée, voir les poules !…

– Permettez !…

– Silence ! Taisez-vous !

De sa manche il séchait son front.

Il continua :

– Si, un instant, vous pouviez deviner ce qui se passe en moi à cette heure, si vous pouviez supposer à quelle force de volonté je me retiens et je me cramponne, ah ! je vous le certifie, je vous le jure, vous verdiriez, à la pensée de seulement entr'ouvrir la bouche !… Vous voyez bien ces doigts, n'est-ce pas ? Savez-vous de quoi ils tremblent ?… De l'envie folle, impérieuse, de monter jusqu'à votre cou et de s'implanter en vos chairs ! Oui, vous seriez terriblement imprudent de vous obstiner à parler après que je vous en ai fait la défense, et c'est un bonheur pour nous deux, un grand bonheur, que je me connaisse !… Allez-vous-en, croyez-moi, rendez-nous ce service à tous ; car, si vous n'êtes pas parti dans une seconde, il se passera, ici… des choses… Il y aura du sang par terre, et, cela, entendez-moi bien, je vous le dis parce que je le sais ! Ce sera le vôtre, ou un autre, peu importe ! Allez-vous-en, voilà tout ce que j'ai à vous dire. Je suis un homme très malheureux et dont il ne faut pas exaspérer le chagrin… Allez-vous-en ! Allez-vous-en ! Allez-vous en !

Un galant homme est toujours un galant homme, même le jour où certaines circonstances de la vie l'ont mis dans la nécessité de se cacher dans un buffet.

L'homme au buffet fut très bien, d'une témérité sobre, sans éclat et sans arrogance.

Il ne verdit ni ne s'émut.

Il répliqua froidement :

— Monsieur, il arrivera ce qui arrivera. Je n'ai aucunement, croyez-le, l'intention de vous provoquer, mais je quitterai cette maison quand j'aurai reçu de vous l'assurance que vous ne toucherez pas à un seul cheveu de la personne qui est là-bas. Je vous en demande votre parole d'honneur, et c'est le moindre de mes devoirs. Vous êtes extraordinaire, vous me permettrez de vous le dire, avec vos airs de me mettre à la porte d'une maison qui n'est pas la vôtre ; et, si je veux bien me rendre à vos ordres, eu égard à votre état d'exaltation, vous ne sauriez moins faire, convenez-en, que de céder à ma prière.

Boubouroche sentit venir l'instant où ça allait mal tourner. D'une voix blanche où tremblait l'excès d'une douleur capable de tout : « Je vais faire un malheur » dit-il. Mais l'autre, si crânement, lui répondit : « Faites-le ! », qu'il demeura bouche bée, désorienté devant la hardiesse généreuse de ce blanc-bec qui, avec tant d'aisance, tant de chic, tant de jeunesse, tenait tête à plus fort que lui et acceptait sans discussion le montant de la carte à payer. Ayant, encore une fois, la fierté de sa poigne moins qu'il n'en avait la méfiance, il trouva la force de se contenir ; le mouton, en lui, une fois de plus, mit la patte sur le sanglier.

— Partez, mais, croyez-moi, faites vite !

— J'ai votre parole ? dit le jeune homme avec un doux entêtement.

Boubouroche, poussé à bout, eut un souffle de bœuf sous le coup de masse et mâchonna à bouche close un « Oui » dont le monsieur prit acte, d'un signe de tête lent et grave. Puis, resté seul en cette sinistre salle à manger que la flamme de la bougie emplissait de fantastiques ombres, il tomba où cela se trouva, au hasard de la première chaise qui le reçut. Ses larges paumes frappèrent ses genoux.

– Mon Dieu !

Adèle, dans le salon, jouait toujours. Elle faisait des gammes, à présent. Sur la ligne blanche du clavier ses mains, blanches aussi, galopaient. Elles se poursuivaient sans relâche et, quand l'une avait rejoint l'autre, c'était au tour de celle-ci de s'élancer sur celle-là pour, ensuite, refuir devant elle : pareillement deux tout petits chiens qui jouent à se donner la chasse. Elle salua, d'un mince sourire qui raillait, la réapparition de Boubouroche ; mais, ayant lu dans ses yeux de fou que les choses avaient mal tourné et qu'il avait su, fine mouche, mettre la main sur le pot aux roses, elle resta railleuse et souriante.

Boubouroche s'était approché. D'une voix d'où des rages se contenaient, il demanda :

– Qui est cet homme ?

Adèle, qui avait parfaitement entendu et dont les doigts, intentionnellement attardés sur les basses sonores du piano, y déchaînaient d'assourdissantes tempêtes, tendit l'oreille et dit :

– Quoi ? Hein ?

– Je te demande, hurla Boubouroche, qui est cet homme ?

Cette fois, elle daigna comprendre. Elle cessa net son jeu et, ayant élevé jusqu'aux yeux de son amant ses yeux de pervenche, profonds et purs, elle répondit :

– Je ne sais pas.

V

Ainsi parla Adèle, et elle vit venir à elle l'étau menaçant de dix doigts.

Un sursaut la mit sur pieds.

Un cri qui n'aboutit pas, le retrait épouvanté du buste…

Oui, ah ! oui ! Ah ! elle crut bien que ça y était !

A l'infini de lâcheté mensongère, de fausseté audacieuse, de tranquille perfidie, qu'avaient évoqué tout à coup ces simples mots négligemment jetés : « Je ne sais pas », une clarté rouge avait ébloui Boubouroche. Ses mains, d'elles-mêmes, avaient jailli, et il avait crié un « oui » inexplicable, comme répondu à l'appel de vengance de son affection trahie, de sa confiance abusée, de sa bonté méconnue.

Hélas !… Sur la douce peau fine, tant de fois baisée et tant de fois chère du frêle cou, ses doigts glissèrent, sans force. Il tomba. De ses bras désespérés il avait ceinturé la taille de l'aimée ; en la saillie légère du ventre, à cet endroit où la matinée Pompadour s'enlevait, fleurie et bouclée de mauve, sur le fond noir-bleu de la jupe, il enfouit son front martelé. A un débordement de sanglots, toutes ses fureurs aboutissaient, et il n'y avait plus rien, là, qu'une misérable loque humaine, sans une haine, sans une rancune, terrassée, qui, de force, quand même, se cramponnait aux bonheurs écroulés et s'abîmait en la même question douloureuse, vingt fois dite, redite et répétée encore :

– Pourquoi ?… Pourquoi ?… Mais pourquoi ?

Adèle se taisait.

Rassurée, elle avait retrouvé son sourire. Par les cheveux, rares un peu, déjà, de son amant, ses doigts erraient, les effleurant d'une imperceptible caresse.

De haut en bas, une dureté sous les cils, elle contemplait son ouvrage : ce pauvre homme aux larges épaules secouées de détresse, vieilli de dix ans en dix minutes.

Enfin, très simple :

– Alors, là, tout de bon, fit-elle, c'est sérieux ?

A l'extravagance inattendue de cette demande, Boubouroche leva le nez. Elle, de sa même voix calme, reprit :

– C'est qu'en vérité tu me fais peur. Je me demande si tu deviens fou. Qu'est-ce qui te prend ? Qu'est-ce que je t'ai fait ?

– Ce que tu m'as fait ? s'exclama Boubouroche. Mais, malheureuse enfant que tu es, nous ne le savons que trop, toi et moi : tu m'as trompé !

De droite à gauche, puis de gauche à droite, Adèle, lentement secoua la tête.

– Je ne t'ai pas trompé, dit-elle.

– Tu ne m'as pas trompé !

– Jamais.

Du coup, il fut debout. En ses mains, toutes secouées de fièvre, il emprisonnait la tiédeur de deux petites mains qui ne tremblaient pas.

– Et cet homme, misérable menteuse ? Cet homme ?

Grave :

– Je ne puis te répondre, dit Adèle. Il y a là un secret de famille que je n'ai pas le droit de te livrer. Crois ce qu'il te plaira de croire, et ne m'interroge pas davantage.

Boubouroche, qui s'était, certes, attendu à bien des choses, n'avait pourtant pas pré vu cela. La vérité nous force à confesser ici que cette révélation lui cassa bras et jambes à l'égal d'une volée de coups de trique, et que l'effarement arrondi en ses yeux les lui rendit pareils à ces billes énormes, en usage sous le nom de « callots » dans tous les collèges, lycées, externats, institutions, et autres boîtes à bachot de notre doux pays de France. Muet un instant, il s'abîma soudain en un geste d'une largeur à embrasser la sphère terrestre, et, en ayant appelé tour à tour à chacun des angles de la pièce :

– ça !... déclara-t-il ; ça !... ça !... ça !...

Sa surprise n'était qu'excessive : il n'en connut plus les limites, à voir Adèle lui emboîter carrément le pas, à l'entendre abonder bruyamment dans son sens, lui crier qu'il avait raison de ne pas la croire et, qu'à sa place, elle, vous, moi, tous, nous en aurions fait autant. Sans doute, elle le trouvait bien d'un scepticisme exagéré avec une femme qui, huit ans, avait été sa compagne d'existence et ne se rappelait pas avoir jamais rien fait qui pût le mettre en droit de suspecter sa parole :

– Ça ne fait rien, proclamait cette personne équitable, les apparences sont contre moi, et je ne saurais t'en vouloir de la faiblesse d'âme qui te pousse à t'en remettre à elle, en aveugle.

Et elle souriait, douloureuse.

– Si tu ne l'avais, tu ne serais pas homme, fit-elle.

Ceci n'avait l'air de rien. Hélas ! C'était simplement tout : l'appel du tic au tac, l'invite à la riposte, le mot qui en appelle un autre et entrebâille la porte à la discussion : passerelle négligemment jetée sur le vide du précipice, piège, enfin, offert à la semelle de l'infortuné Boubouroche, lequel ne pouvait manquer et ne manqua en aucune façon de s'y engager jusqu'aux cuisses.

Malin :

– Possible ! objecta-t-il ; seulement, moi, je prétends une chose : c'est que cacher un homme chez soi n'est pas le fait d'une honnête femme.

Il dit, et, à la même minute, il fut cueilli comme une poire mûre, pêché comme un gros barbillon. Adèle s'était ruée vers lui, belle d'indignation, les mains folles.

– Si je n'étais une honnête femme, criait-elle, je ne ferais pas ce que je suis en train de faire : je ne sacrifierais pas ma vie au respect de la parole donnée, à un secret dont dépend – seulement – l'honneur d'une autre !

Et des pleurs jaillissaient de ses yeux, et en ses accents indignés tenait toute la plainte d'un archange méconnu, tandis qu'elle se laissait choir au giron douillet d'un fauteuil en accusant la vie d'être lâche, ô combien !… Lui, cependant, bouleversé, éperdu, fixait sur elle des yeux ardents, tout pleins du désir de la croire. Pour la seconde fois de la soirée, il sentait, comme Ange Pitou dans la Fille de Madame Angot, son cœur renaître à l'espérance ; le doute, de nouveau, germait en son esprit, et, à son repentir d'avoir été brutal, commençait à se mêler la crainte, d'avoir, peut-être, été injuste. Le pis est qu'ayant, à demi-mots, parlé de pardon et d'oubli, – à condition, bien entendu, qu'Adèle jurât de ne plus retomber dans sa faute, – elle refusa purement et simplement le marché, « n'ayant pas, disait-elle, à accepter le pardon d'une faute qu'elle n'avait pas commise », et étant de celles dont la fierté ne s'accommode pas d'un soupçon.

Noble cœur !

Ah ! elle n'y alla pas avec le dos de la cuiller. Elle le mit tout nu sur le tapis, son cœur, tout meurtri, mon Dieu ! tout saignant, percé d'un tel coup de couteau, que Boubouroche, à cet affreux spectacle, pensa défaillir de tendresse. En même temps, elle émettait, scandées de hochements de tête pensifs, des réflexions comme celles-ci : « Le ver est dans le fruit, jetons-le », ou « Je renonce à un amour d'où la confiance s'est retirée ! » ou « Je tiens à ton affection, mais plus encore à ton estime ! », discours qui trahissaient chez elle une force d'âme peu commune, alliée à une rare délicatesse de sentiments. Mais, soudain, à propos de rien, comme si l'excès de sa vaillance eût éclaté ainsi qu'une étoffe trop tendue, voici qu'elle se trouva au cou de son amant, sanglotante, bégayant : « Quitte-moi !… il le faut !… Fuis ! Va-t'en !… Mais, par charité, n'éternise pas mon supplice ! »

Alors Boubouroche comprit combien l'homme est bête et crédule ; sur l'immensité de ses torts s'ouvrirent ses yeux dessilés, et, ayant enfermé de ses doigts de portefaix les épaules, les frêles épaules de celle qui lui était chère entre toutes, il fit ce que fit le Divin Maître au Jardin des Oliviers : il inclina la tête et pleura amèrement. Et, la tragédie commencée versant brusquement dans l'églogue, le massacre attendu accouchant d'une idylle, un même divan reçut les croupes accotées des deux amants rendus à l'étreinte l'un de l'autre. Telle se dissipe une épaisse nuée devant l'éblouissement d'un coup de soleil prochain, tel se tarit, devant des sourires qui renaissaient, le flot des pleurs attardés en leurs cils. Quel baiser !… Adèle, un instant, en femme de tête qu'elle était, essaya bien de sermonner Boubouroche et de lui démontrer, preuves en main, le profit qu'il y avait pour lui à la lâcher comme un paquet de sottises, à la laisser crever simplement dans son coin, de tristesse et d'isolement ; il ne voulut rien savoir, rien !… pas même le nom du monsieur de tout à l'heure, le pourquoi de sa séquestration en un rez-de-chaussée de buffet : honnête homme qui n'entend forcer ni la caisse, ni le secret des autres ! En sorte que la jeune Adèle, soupirante, mais consentante, dut se résigner à ne pas perdre les modiques avantages de la situation : à savoir trois cents francs par mois, le loyer, les contributions, les retours de bâton et les petits cadeaux. Je vous dis que c'était une nature d'élite ! Or, comme, les doigts aux joues rebondies de Boubouroche et les yeux entrés en les homme. siens, elle le querellait sans aigreur, lui demandant s'il n'était timbré un petit peu et si, elle, toujours, ne s'était pas montré la plus délicate des maî-tresses, la plus indulgente, la plus sûre :

– Chameau ! s'écria le gros homme.

Adèle sursauta.

Qui ?

Elle ?

Non.

C'était du monsieur qu'il parlait ; non pas du monsieur au buffet, mais de l'autre, entendez-moi bien ; je dis : le philosophe d'à côté, l'homme à la dialectique serrée, aux apophtegmes persuasifs, fruits d'une âpre et rude expérience. Et, songeant qu'un jour viendrait bien où, de nouveau, dans l'escalier, il croiserait ce vieil imbécile, il partit d'un bel éclat de rire, l'ouïe égayée, par anticipation, d'un bruit de gifles tombant dru comme grêle sur une face aux tons de parchemin…

Et c'est tout. Il sécha ses yeux. Il souleva, ainsi qu'il eût fait d'une plume, Adèle, qui lui barrait la route, vint prendre au tabouret du piano la place qu'elle y avait laissée chaude, et, d'une voix qui vibra aux vitres des croisées, il entonna, soutenu de fantaisistes et invraisemblables accords : C'est pour la paix que mon marteau travaille, Loin des combats, je vis en liberté.

Car il avait, ce pauvre garçon, une érudition musicale limitée. Il savait le Forgeron de la Paix, le refrain du Père la Victoire et un couplet du Pied qui r'mue.